棋闲

幽韵雅集·古诗词选

闲敲棋子落灯花

孟祥静 编著

陕西新华出版传媒集团
太白文艺出版社

图书在版编目（CIP）数据

棋闲 ：闲敲棋子落灯花 / 孟祥静编著. -- 西安 ：
太白文艺出版社，2020.8
（幽韵雅集·古诗词选 / 李路主编）
ISBN 978-7-5513-1850-1

Ⅰ. ①棋… Ⅱ. ①孟… Ⅲ. ①古典诗歌—诗集—中国
Ⅳ. ① I222

中国版本图书馆 CIP 数据核字（2020）第 080300 号

棋闲：闲敲棋子落灯花
QIXIAN:XIAN QIAO QIZI LUO DENGHUA

主　　编　李　路
作　　者　孟祥静
责任编辑　彭　雯　汤　阳
装帧设计　钟文娟　刘昌凤
出版发行　陕西新华出版传媒集团
　　　　　太白文艺出版社
经　　销　新华书店
印　　刷　河北环京美印刷有限公司
开　　本　787mm × 1092mm　1/32
字　　数　76 千字
印　　张　6.5
版　　次　2020 年 8 月第 1 版
印　　次　2020 年 8 月第 1 次印刷
书　　号　ISBN 978-7-5513-1850-1
定　　价　49.80 元

联系电话：029-81206800
出版社地址：西安市曲江新区登高路 1388 号（邮编：710061）
营销中心电话：029-87277748　029-87217872

总序

行幽韵之事，博雅趣之长

李路

有书云：香令人幽，酒令人远，茶令人爽，琴令人寂，棋令人闲，剑令人侠，杖令人轻，麈令人雅，月令人清，竹令人冷，花令人韵，石令人隽，雪令人旷，僧令人淡，蒲团令人野，美人令人怜，山水令人奇，书史令人博，金石鼎彝令人古。

说尽世间之『韵』事也。

古典诗词蕴含着中华民族千年文化的基因，从中国诗歌的滥觞《诗经》开始，绵延不绝，形成了楚辞、唐诗、宋词、元曲等一座座高峰。这些跨越千年的文字，如那亘古沉静的璀璨星辰，点亮中华文明的发展历程，使之流光溢彩、熠熠生辉。

曾几何时，我们跟随苏子瞻共吟『莫听穿林打叶声，何妨吟啸且徐行。竹杖芒鞋轻胜马，谁怕？一蓑烟雨任平生』，千古洒脱、百世豁达；跟随李太白同问『青天有月来几时，我今停杯一问之』，豪放俊迈、浪漫飘逸；跟随王摩诘共奏『独坐幽篁里，弹琴复长啸』，诗卷漫天，物我两忘；跟随李易安同叹『醉里插花花莫笑，可怜春似人将老』，真挚庄雅，婉丽哀伤；跟随纳兰容若共愁『西风多少恨，吹不散眉弯』，哀感顽艳，格高韵远……这些熟悉的文字，勾勒出一圈圈唯美的时光年轮，伴随我们安静地与岁月对话。

古人善雅事，『纸帐梅花，休惊他三春清梦；笔床茶灶，可了我半日浮生』『灯下玩花，帘内看月，雨后观景，醉里题诗，梦中闻书声，皆有别趣』。

据此，择香、酒、茶、琴、棋、剑、杖、麈、月、竹、花、

石、雪、僧、美人、山水、书史、金石相应清诗雅词，辑为小集，名『幽韵雅集』，行幽韵之事，博雅趣之长。

让我们在这些文字中赏松阴花影的静谧，山月美人的清魂，拨弦烹茶的惬意，采菱秋水的灵动。听琴声悠扬，行笔墨流转，品人间雅趣。

三千年来的古诗词，浩如烟海，编者在辑选过程中，以意境美、文字美、韵律美为择选的标准。在鉴赏时，不求全析，只求共鸣，用感发人心的淡美文字对其解析。

本辑精选齐白石、吴湖帆、溥儒、石涛、傅抱石、黄宾虹、于非闇、陈少梅、张石园、吴昌硕等大师的绘画作品，文、图、鉴意境融合，辉映共生。

同时，编者严选底本，精心校注，展现经典本来的面貌。

在编排过程中，本辑提取诗词名字的首字部首，

并依据《汉字部首表》，按照笔画数由少到多的次序进行排序。但因编排体例的限制，笔画数相同的以及起笔笔形相同的，不再遵循横（一）、竖（丨）、撇（丿）、点（丶）、折（乛）的顺序排列，而按照各诗词不同意境依次排序。

因能力有限，在成书过程中，未免有鲁鱼亥豕之讹，敬请各位读者不吝指正。

二〇二〇年五月

自序

琴棋书画被称为文人四友，是文人雅士陶冶情操、修身养性的一种雅趣。棋在我国古代主要是指围棋，也称为弈。纵横之间，黑白分明，既有高人隐士之间的无声交流，又有情人之间的灯下情趣，也有失意之人的情感寄托。

据记载，春秋战国时期的弈秋是第一位棋手，被称为围棋『鼻祖』。三国时期围棋开始盛行，魏晋南北朝时期是围棋发展的一个高峰，名士对弈成为一种风气，不少皇帝也十分喜爱弈棋。经过不断发展，到了宋朝，围棋之风更是大盛，甚至后宫中也不乏棋艺精湛之人。

不少古代文人在弈棋中领略到不同的人生境界，以围棋为题材，在诗词中寄托幽思，抒发胸臆。本书精选历代与围棋有关的优美诗词等，配上笔者的解读，

为读者呈现古诗词中不一样的精彩。

唐太宗李世民在围棋中领略到的是『半死围中断，全生节外分』，感受的是弈棋如用兵，输赢却无关生死；李商隐在围棋中体会到的是『小鼎煎茶面曲池，白须道士竹间棋』的隐逸；苏轼在围棋中听到的是『碧纱窗下水沉烟。棋声惊昼眠』棋子落盘的清妙；杜甫体会到的是『老妻画纸为棋局，稚子敲针作钓钩』的欢乐与满足；温庭筠在围棋中倾诉的是『井底点灯深烛伊，共郎长行莫围棋』的相思与痴情。

『年光似鸟翩翩过，世事如棋局局新』，人生如棋，棋如人生，希望每个人都可以走好自己人生中的每一步『棋』。

二〇二〇年五月

目录

· 二笔画 ·

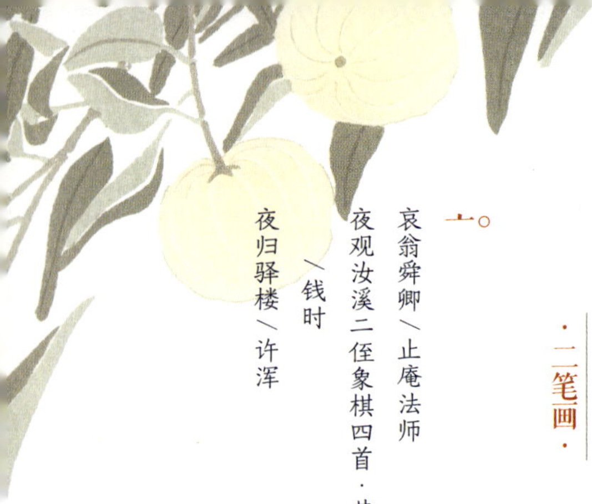

·二笔画·

氵

口

纟

夕

夂

·四笔画·

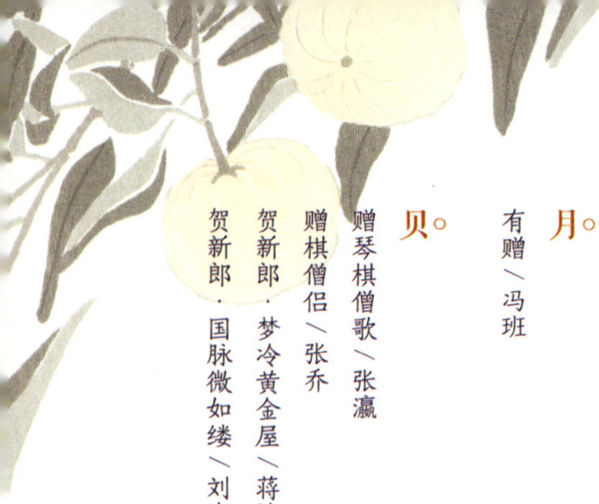

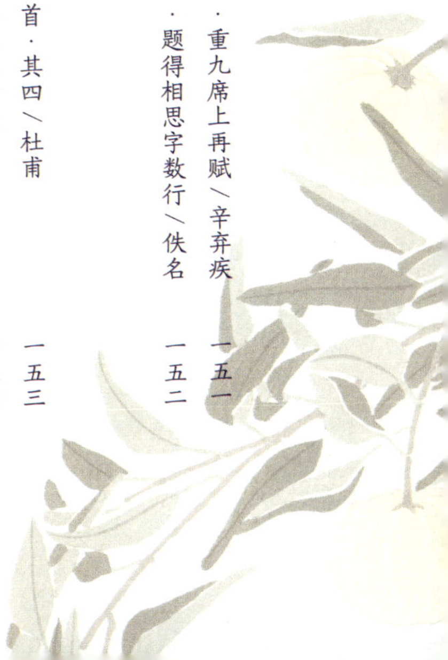

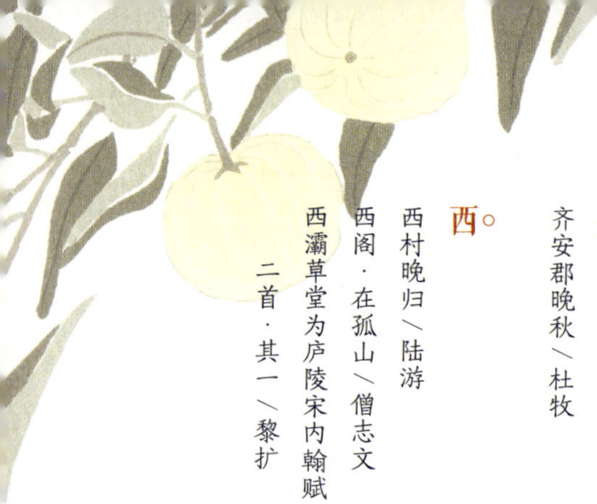

棋闲

闲敲棋子落灯花

棋闲

棋令人闲

古邨

七月一日题终明府水楼二首·其二

【唐】杜甫

宓子弹琴邑宰日，终军弃繻xū英妙时。

承家节操尚不泯，为政风流今在兹。

可怜宾客尽倾盖，何处老翁来赋诗。

楚江巫峡半云雨，清簟疏帘看弈棋。

◎杜甫，字子美，自号少陵野老，唐代现实主义诗人，其诗歌大多集于《杜工部集》。

◎宓子鸣琴而治，终军弃繻而行。你承袭名士节操，风流倜傥，政绩斐然。水楼宴宾，我这客居的老翁何来雅兴？半江云雨，半江愁绪，且观弈棋疏帘内。

于中好·小构园林寂不哗

［清］纳兰性德

小构园林寂不哗，疏篱曲径仿山家。
昼长吟罢风流子，忽听楸枰响碧纱。
添竹石，伴烟霞。拟凭尊酒慰年华。
休嗟髀(bì)里今生肉，努力春来自种花。

◎纳兰性德，清朝词人，字容若，号楞伽山人。词风清丽婉约，著有《饮水词》等。

◎《于中好·小构园林寂不哗》：一作《鹧鸪天·小园》。

◎一片小园，疏篱曲径寄衷情。吟诗意，闻落子，诗酒年华慰平生。

◎更漏子·夜初长

〔五代〕冯延巳

夜初长，人近别，梦断一窗残月。
鹦鹉睡，蟪蛄鸣，西风寒未成。
红蜡烛，半棋局，床上画屏山绿。
搴绣幌，倚瑶琴，前欢泪满襟。

◎冯延巳，五代词人。又名延嗣，字正中，其词多写闲情逸致，有《阳春集》传世。

◎长夜漫漫，离情近，午夜梦回，一弯残月照离人。鹦鹉睡，一曲蝉鸣悲秋风。红烛下，对棋局，抚一曲共悠扬。欢情逝，泪满襟。

◎下方

【唐】司空图

昏旦松轩下，怡然对一瓢。
雨微吟思足，花落梦无聊。
细事当棋遣，衰容喜镜饶。
溪僧有深趣，书至又相邀。

◎司空图，晚唐诗人、诗论家，字表圣，号知非子、耐辱居士，《二十四诗品》为其不朽诗论之作。

◎青松长相伴，怡然自得。斜风细雨，引思绪万千，花落无声，去留无意。红尘俗事寄棋间，不觉已暮年。溪僧志趣高雅，邀我同游。

◎五言咏棋二首

［唐］李世民

其一

手谈标昔美，坐隐逸前良。
参差分两势，玄素引双行。
舍生非假命，带死不关伤。
方知仙岭侧，烂斧几寒芳。

◎李世民，庙号太宗，唐朝第二位皇帝，在位二十三年。

◎棋枰如战场，弈棋如用兵，棋局输赢无关生死。领悟弈棋的魅力，方知王质当年观棋烂柯亦不回之原因。

其二

治兵期制胜，裂地不要勋。
半死围中断，全生节外分。
雁行非假翼，阵气本无云。
玩此孙吴意，怡神静俗氛。

◎下棋要求胜，纵使略地也无功。棋局无杀气，阵势亦相通。沉浸于棋局中的用兵之道，怡神忘俗事。

◎书颍州皇甫秘教书室

［宋］张耒

闲来便是日侵阶，
窗下棋枰林下杯。
晓解扁舟又南去，
百年还得几回来？

◎张耒，字文潜，号柯山，北宋文学家，擅长诗词，苏门四学士之一。

◎闲来无事，寄情棋间，不觉日头已偏西，斜阳照阶梯。一早乘舟离去，无限伤感，已至暮年，还有几次相聚？

◎临江仙·连夜阴云开晓景

［宋］曹勋

中秋夜，禁中待月遐观，清风袭人，嘉气满坐。前夕连阴，至此顿解。少间，月出云静，瞻天容如鉴。上喜，以诗句书扇，臣谨以《临江仙》歌之。

连夜阴云开晓景，中秋胜事偏饶。十分
晴莹碧天高。台升吴岫顶，乐振海门潮。
桂影一庭香渐远，四井都向今朝。宸欢
得句付风骚。围棋消白日，赏月度清宵。

◎曹勋，南宋大臣，字公显，一字世绩，号松隐，著有《松隐文集》等。

◎整晚阴云密布，拂晓云开雾散。中秋日，碧空万里，歌舞升平。吟诗附风雅，围棋消闲情，一轮明月寄相思。

◎重送绝句

〔唐〕杜牧

绝艺如君天下少，
闲人似我世间无。
别后竹窗风雪夜，
一灯明暗覆吴图。

◎杜牧，唐代诗人，字牧之，号樊川居士，著有《樊川文集》。

◎棋艺精湛，无人及君，清闲如我，世间无双。风雪夜，竹窗下，对灯摆棋局。

◎哀翁舜卿

【明】止庵法师

半日曾闲竹院中，
别来今见哭秋风。
无能尽说诸余事，
一局残棋着未终。

◎止庵法师，俗名德祥，字麟洲，号止庵，元明间僧人。

◎偷得浮生半日闲，共享竹院清风醉，久别重逢，诉不尽你我情义，一局残棋终未尽。

◎夜观汝溪二侄象棋四首·其一

［宋］钱时

怡怡夜语自天和，
棋罢令人感慨多。
同室不须分楚越，
萧墙何事动干戈。

◎钱时，宋代文人，字子是，号融堂，创办融堂书院，人称融堂先生。

◎灯下观棋，兄弟和气。一家何必分远近，兄弟不必动干戈。

◎夜归驿楼

【唐】许浑

水晚云秋山不穷，自疑身在画屏中。
孤舟移棹一江月，高阁卷帘千树风。
窗下覆棋残局在，橘边沽酒半坛空。
早炊香稻待鲈鲙，南渚未明寻钓翁。

◎许浑，唐代诗人，字用晦，怀古、田园诗较佳，自编《丁卯集》。

◎暮色苍茫，云影绰绰，为青山披上朦胧的面纱，犹如徜徉在水墨的世界。一叶扁舟扰乱了明月的清梦，帘卷西风瘦。残棋未整，酒半空。炊烟飘香，天未明，寻钓翁。

◎后观棋六绝句·其六

[清] 钱谦益

为吕小隐作。

争先一角势匆匆，
绿湛余尊烛剪红。
覆罢残棋何限笑，
输赢只在纸盘中。

◎钱谦益，清初文人，字受之，号牧斋，晚号蒙叟，著有《牧斋诗抄》等。

◎限笑：一作“眼意”。

◎人生如棋，争来斗去，是非成败，功名荣辱，最终只能一笑付红尘，不过纸盘一局棋罢了。

◎谒金门·人寂寞

【宋】卢祖皋

人寂寞。帘外翠阴如幄。团扇藤床花间错。雨边残梦觉。

翠浅粉销香薄。临镜不忺(xiān)梳掠。新恨悠悠无处托。棋声闲院落。

◎卢祖皋，宋代词人，字申之，一字次夔，号蒲江，遗著有《蒲江词稿》。

◎帘外绿荫如幕，帘内寂寞无绪。赏花不觉入梦乡，雨湿残梦，妆容散，对镜懒梳妆。闻棋声，添新愁，何处寄。

古邨

◎诉衷情·初夏偶成

【金】段克己

东风帘幕雨丝丝，梅子半黄时。
玉簪微醒醉梦，开却两三枝。
初睡起，晓莺啼。倦弹棋。芭蕉
新绽，徙倚湖山，彩笔题诗。

◎段克己，金代文学家，字复之，号遁庵，别号菊庄，著有《遁斋乐府》。

◎细雨丝丝如帘幕轻垂，微风吹斜了帘幕，吹黄了梅子。收起一夜残梦，酒微醒，眼蒙眬。窗外莺啼早，芭蕉满院香。人倦懒对棋，提笔诉衷情。

◎上西平·送陈舍人

【宋】吴泳

跨征鞍，横战槊，上襄州。便匹马、蹴cù高秋。芙蓉未折，笛声吹起塞云愁。男儿若欲树功名，须向前头。风雏寒，龙骨朽，蛟渚暗，鹿门幽。阅人物，渺渺如沤。棋头已动，也须高著局心筹。莫将一片广长舌，博取封侯。

◎吴泳，宋代文人，字叔永，著有《鹤林集》。

◎横槊立马，上襄阳。秋高气爽，愿你英姿飒爽，驰骋疆场。笛声起，战局危急，正是男儿立功时。尸骨朽，遗迹衰，英雄已逝去。战事起，须向棋局学筹谋，不学巧言博功名。

◎假中枉卢二十二书亦称卧疾兼讶李二久不访问以诗答书因亦戏李二

【唐】韦应物

微官何事劳趋走，服药闲眠养不才。
花里棋盘憎鸟污，枕边书卷讶风开。
故人问讯缘同病，芳月相思阻一杯。
应笑王戎成俗物，遥持◎麈(zhǔ)尾独徘徊。

◎韦应物，唐代诗人，诗风恬淡高远，著有《韦苏州集》《韦江州集》等。

◎花间摆棋，可恨鸟留污，风自优雅闲翻书。你我相知相惜却相离，唯有明月寄相思。红尘俗事多可笑，我自风轻云淡。

◎偶集

【明】廖孔说

阴雨霏霏湿酒卮，
满堂红烛对弹棋。
主人先醉非无故，
愁见更阑客散时。

◎廖孔说，明代文人，号山人，晚年居杭州写作。

◎阴雨绵绵，烛光摇曳，举杯相邀，对弹棋。醉已眠，不忍见，更深夜残，人散尽，满堂愁绪。

◎何秀才郊园五首·其五

【宋】司马光

夏木绕茅庐，
棋酒资清宴。
密叶绿藏枝，
空闻黄鸟啭。

◎司马光，字君实，号迂叟，世称涑水先生，北宋史学家、文学家。

◎茅庐外，绿树成荫，棋酒助清欢。不见枝上鸟，却闻鸟鸣声。

◎念奴娇·登建康赏心亭，呈史留守致道

[宋] 辛弃疾

我来吊古，上危楼，赢得闲愁千斛（hú）。虎踞龙蟠何处是？只有兴亡满目。柳外斜阳，水边归鸟，陇上吹乔木。片帆西去，一声谁喷霜竹？

却忆安石风流，东山岁晚，泪落哀筝曲。儿辈功名都付与，长日惟消棋局。宝镜难寻，碧云将暮，谁劝杯中绿？江头风怒，朝来波浪翻屋。

◎辛弃疾，字幼安，别号稼轩居士，南宋豪放派词人、将领，有《稼轩长短句》。

◎登高怀古，引起愁绪万千。虎踞龙蟠今何在，只见满目兴亡。斜阳外，柳树边，飞鸟回，落叶片片。一叶扁舟独飘零，谁吹起，笛声悲凉。忆谢安风流倜傥，忠心却受谗言害，不禁泪沾襟。壮志未酬，唯有下棋度年华。暮色将至，谁劝杯中酒。时局危急，忧虑难平。

◎即目

【唐】李商隐

小鼎煎茶面曲池，
白须道士竹间棋。
何人书破蒲葵扇，
记着南塘移树时。

◎李商隐，晚唐诗人，字义山，号玉溪生。其诗风格浓丽，尤其爱情诗写得缠绵悱恻。

◎曲江池边，一炉小火静静守候一壶茶，香气袅袅。一旁竹林间，道人白须飘飘，围棋而坐。何人题字在蒲扇，犹记南池植树时。

◎阮郎归·春风吹雨绕残枝

【宋】佚名

春风吹雨绕残枝，落花无可飞。
小池寒渌欲生漪，雨晴还日西。
帘半卷，燕双归，讳愁无奈眉。
翻身整顿着残棋，沉吟应劫迟。

◎此词一说为秦观所作。

◎冷风携雨为花枝卸了妆，残红满地。一抹残阳凄凉了一池的相思。燕子双双归，寂寥了我的哀怨。辗转对残局，沉吟未落子，何时能对弈？

◎阮郎归·山市樵歌

【元】沈禧

烟蓑雾笠担随肩，斧柯腰下悬。生涯只在白云边，观棋曾遇仙。

忘世虑，断尘缘，逍遥傲葛天。醒时一曲醉时眠，风清月正圆。

◎沈禧，元代文人，字廷锡，工词善曲，有《竹窗词》一卷。

◎蓑衣，斗笠，腰下斧，一担烟云在深山。看一局仙人对弈，忘却世间忧虑，斩断世俗情缘，悠然红尘外。明月当空，清风徐来，一曲山歌一壶酒，醉卧云天外。

◎阮郎归·初夏

[宋] 苏轼

绿槐高柳咽新蝉，薰风初入弦。
碧纱窗下水沉烟，棋声惊昼眠。
微雨过，小荷翻。榴花开欲然。
玉盆纤手弄清泉，琼珠碎却圆。

◎苏轼，字子瞻，号东坡居士，北宋中期文坛领袖，有《东坡乐府》等。

◎和风习习，吹来绿槐的清凉，拂过轻舞的高柳，吹散蝉鸣声声。棋子落盘的声音惊醒了我的小憩，沉水香的淡雅染了一屋的芬芳。窗外细雨飘飘，嫩荷翻，石榴花开一夏的热情。美丽女子池边戏耍，欢快了一池的晶莹。

◎隐逸

［宋］赵崇森

懒散数椽chuán下，于人无所求。
静观棋得趣，闲坐石忘忧。
对酒红生颊，孤吟白上头。
高山有佳趣，便欲作清游。

◎赵崇森，宋代皇室后裔，太宗九世孙。

◎我已放下名利，别无他求。尘世喧嚣，静观棋中趣，闲坐以忘忧。与友人对饮，兴尽微醺，吟一首孤独，寂寞染白头。我欲登高去，邂逅别样风景。

古邨

◎别房太尉墓

【唐】杜甫

他乡复行役，驻马别孤坟。
近泪无干土，低空有断云。
对棋陪谢傅，把剑觅徐君。
唯见林花落，莺啼送客闻。

◎他乡漂泊，今日驻足你的坟前。低头泪水沾湿我的悲痛，白云飘飞带走我的思绪。想当年，你我对弈，而如今，生死两茫茫。林花萧萧，不堪回首，黄莺声声啼，送离别。

◎减字木兰花·适然萃止

［宋］沈瀛

适然萃止。不待灯花先报喜。
不速真风。且免毛生不为通。
诗歌棋酒。真正清欢真正寿。
事事真何。更得真真真更多。

◎沈瀛，南宋词人，字子寿，号竹斋，著有《竹斋词》。

◎偶然聚会，无须灯花报喜，友人不请自来。饮一杯豪情，吟一首风雅，对一局悠闲，其乐无穷。无心为真方得最真。

◎次韵无咎别后见寄

【宋】陆游

平日杯行不解辞，长亭况是送君时。
几行零落僧窗字，何限流传乐府诗。
归思恰如重酝酒，欢情略似欲残棋。
龙蛇飞动无由见，坐愧文园属思迟。

诗来弥月，乃能和答，故云。

◎陆游，南宋文学家、史学家、爱国诗人，字务观，号放翁，诗词文均有很高成就，著有《剑南诗稿》《渭南文集》等。

◎我把思念酿成一杯寂寞的酒，谁与我同醉？情已逝，空伤悲。纸短情长，写不尽我对你的思念。

◎次郑季明和袁子英纪梦韵二首·其二

【明】张著

盈盈罗袜步轻移，紫绣衣裳杂凤褵。
金碗香酥来玉液，冰盘鲜脍出银丝。
晚行花底闲寻佩，夜坐灯前笑赌棋。
最是酒醒春思寂，月华初上海棠枝。

◎张著，字则明，博学工诗，著有《永嘉集》。

◎你轻移莲步，华服秀美。黄昏下，花间寻闲情，伴灯花，笑对棋。梦醒后，相思苦，月初起，照海棠。

◎次韵

[宋] 叶茵

举世一枰棋，谁能著著奇。
懒皆安乐法，醉即太平时。
梅雨飞不断，茶烟凝欲垂。
吟诗为无事，多事又因诗。

◎叶茵，南宋诗人，字景文，其诗闲雅清矫，著有《顺适堂吟稿》。

◎人生如棋，谁能时时精彩？心若安然，清风自来。心若淡然，明月奈我何。

◎次韵李大著春日杂诗十首·其六

［宋］喻良能

借居仍种菊，往往似天随。
日味三春酒，灯明午夜棋。
闲临永和帖，细诵建安诗。
潦倒同中散，欢欣似启期。

◎喻良能，南宋诗人，字叔奇，号锦园，人称香山先生，著有《香山集》《家帚编》等。

◎心中若有桃花源，何处不是水云天。酿花为酒，细品岁月悠然，剪灯花，静悟人生如棋。挥毫寄闲情，吟一首心中淡然。潦倒亦坦然，邂逅别样风景。

◎南歌子·疏雨池塘见

［宋］贺铸

疏雨池塘见，微风襟袖知。
阴阴夏木啭黄鹂。
何处飞来白鹭立移时。
易醉扶头酒，难逢敌手棋。
日长偏与睡相宜。
睡起芭蕉叶上自题诗。

◎贺铸，北宋词人，字方回，自号庆湖遗老，其词兼有豪放、婉约二派之长。

◎雨落池塘，扰乱谁的宁静；清风拂来，吹乱谁的思绪。白鹭飞来，凝望谁的孤独。饮酒易醉，对棋难输。人生路上，总有一些无奈，我心自坦然。

◎观棋

[宋]苏轼

五老峰前，白鹤遗址。长松荫亭，风日清美。

我时独游，不逢一士。谁欤棋者，户外屦（jù）二。

不闻人声，时闻落子。纹枰坐对，谁究此味？

空钩意钓，岂在鲂鲤。小儿近道，剥啄信指。

胜固欣然，败亦可喜。优哉游哉，聊复尔耳。

◎深山独游，古松如盖，清风徐来。空山不见人，但闻落子声。空钩垂钓，其意岂在水中鱼？昔日对坐，谁解其中味？人生如此，胜败何妨。

◎观棋

〔五代〕李从谦

后主燕闲，尝与侍臣弈，从谦甫数岁，侍侧，后主命赋观棋诗。

竹林二君子，尽日竟沉吟。
相对终无语，争先各有心。
恃强斯有失，守分固无侵。
若算机筹处，沧沧海未深。

◎李从谦，字可大，五代时期南唐后主李煜同母弟。

◎君子对弈风流尽显，相对无言暗流涌动。棋局如战场，骄兵必败。

◎观棋

【唐】◦温庭筠

闲对楸枰倾一壶，
黄华坪上几成卢。
他时谒帝铜龙水，
便赌宣城太守无。

◎温庭筠，唐代文人，字飞卿，因辞藻华丽被尊为“花间词派”之鼻祖，有《温飞卿集笺注》。

◎另有一说作者为段成式。

◎一壶酒，一枰棋，半日悠闲。他日赌郡棋，定不负青云志。

◎观棋

【唐】杜荀鹤

对面不相见，用心同用兵。
算人常欲杀，顾己自贪生。
得势侵吞远，乘危打劫赢。
有时逢敌手，当局到深更。

◎杜荀鹤，唐代诗人，字彦之，自号九华山人，其诗风格清新，后人称“杜荀鹤体”。

◎同：一作“如”。

◎棋局如战场，争斗见品性。乘胜追击，打劫定输赢。棋逢对手，深入局中。

◎观弈图

【明】高启

错向山中立看棋，
家人日暮待薪炊。
如何一局成千载，
应是仙翁下子迟。

◎高启，元末明初诗人，字季迪，号槎轩，才华高逸，为“吴中四杰”之一，著有《凫藻集》等。

◎山中砍柴却被观棋误，家人等不来归期。为何一局下不完？应是棋局精妙，仙人沉吟寻破局。

◎同州冬日陪吴常侍闲宴

【唐】马戴

中天白云散，集客郡斋时。
陶性聊飞爵，看山忽罢棋。
雪花凝始散，木叶脱无遗。
静理良多暇，招邀惬所思。

◎马戴，字虞臣，晚唐边塞诗人。

◎天空中白云悠然散去，郡守家中宾客云集。高谈畅饮以怡情，下棋看山以养性。雪花飘，凌空舞，落叶飞，枯枝残。

◎出郊

【明】杨慎

高田如楼梯，
平田如棋局。
白鹭忽飞来，
点破秧针绿。

◎杨慎，字用修，号升庵，明代三才子之首，其诗造诣深厚。

◎梯田蜿蜒，平田整齐如棋盘。白鹭田间休憩，万绿丛中一点点白。

古邨

◎山行过僧庵不入

【宋】陆游

垣屋参差竹坞深，旧题名处懒重寻。
茶炉烟起知高兴，棋子声疏识苦心。
淡日晖晖孤市散，残云漠漠半川阴。
长吟未断清愁起，已见横林宿暮禽。

◎闲情煮茶香，苦心识棋声，半川残云清冷了天空的寂寞，满腔愁绪暮色中。

◎山中口占三首·其三

［宋］胡仲参

饭罢呼僮旋煮茶，
棋枰诗卷小生涯。
从今厌踏红尘路，
多在山间少在家。

◎胡仲参，宋代文人，字希道，著有《竹庄小稿》。

◎煮一壶清香，品一杯流年，对一局闲情，吟一首岁月静好，愿与时光共从容。放下红尘纷扰，看淡人事沧桑。

◎山庵即影

【南北朝】王谌

一炷清香一局棋，
坐看山雨到来时。
晚晴独步出门去，
云挂碧青松树枝。

◎王谌，字仲和，南朝大臣。

◎燃一炷沉香，看轻烟缈缈，摆一局闲棋，任世事纷繁。坐看山雨，卧听清风。斜阳晚照，独步林间，碧空、白云、青松，伴我悠然。

◎弈棋二首呈任公渐

【宋】黄庭坚

其一

偶无公事负朝暄，三百枯棋共一樽。
坐隐不知岩穴乐，手谈胜与俗人言。
簿书堆积尘生案，车马淹留客在门。
战胜将骄疑必败，果然终取敌兵翻。

◎黄庭坚，北宋文学家、书法家，字鲁直，自号山谷道人，江西诗派开山之祖，著有《山谷词》。

◎忙里偷闲，饮酒对弈，个中趣味，俗人岂能解？人生如棋，棋中自有大智慧。

其二

偶无公事客休时，席上谈兵校两棋。

心似蛛丝游碧落，身如○蜩tiáo甲化枯枝。

湘东一目诚甘死，天下中分尚可持。

谁谓吾徒犹爱日，参横月落不曾知。

◎与友对弈，论棋局，思绪飘荡，身如枯枝。惊回首，明月带走了夜的黑暗。

◎送国棋王逢

【唐】杜牧

玉子纹楸一路饶，最宜檐雨竹萧萧。
羸形暗去春泉长，猛势横来野火烧。
守道还如周柱史，鏖兵不羡霍嫖姚。
浮生七十更万日，与子期于局上销。

◎秋雨淅沥，竹声萧萧。你棋艺精湛绝妙，缓如春泉流淌，疾如野火燎原。此去经年，何日重逢？

◎选冠子·雨湿花房

[宋]吕渭老

雨湿花房，风斜燕子，池阁昼长春晚。檀盘战象，宝
局铺棋，筹画未分还懒。谁念少年，齿怯梅酸，病疏
霞盏！正青钱遮路，绿丝明水，倦寻歌扇。
空记得小阁题名，红笺青制，灯火夜深裁剪。明眸似
水，妙语如弦，不觉晓霜鸡唤。闻道近来，筝谱慵看，
金铺长掩。瘦一枝梅影，回首江南路远。

◎吕渭老，北宋文人，字圣求，著有《圣求词》。

◎雨打落花，风斜燕子。落子布局，胜负未分已无绪。无意青梅煮酒，谁念少年郎？春光正好无心赏。忆往昔，红烛伴墨香。你秋水般的眼睛满含深情，你的声音如此美妙。相爱无缘，相思太深。

◎避地云山全父弟诗寄梅花·选一

［宋］阳枋

地僻人稀花自妍，
世衰学丧道终传。
天机妙处人难解，
一局间棋学洞仙。

◎阳枋，南宋文人，字正父，号字溪，原名昌朝，字宗骥，著有《字溪集》。

◎花开一世的娇艳，只为不负年华。天机谁人解？一局残棋寄闲情。

◎还高冠潭口留别舍弟

［唐］岑参

昨日山有信，只今耕种时。
遥传杜陵叟，怪我还山迟。
独向潭上酌，无人林下棋。
东溪忆汝处，闲卧对鸬鹚。

◎岑参，唐代边塞诗人，长于七言歌行，与高适并称“高岑”。

◎棋：一作“期”。

◎山中书信来，传达了友人的问候。昔日你我林下闲对棋，而今独酌一潭寂寞。闲卧溪边对鸬鹚，忆往日。

◎送宋处士归山

［唐］许浑

卖药修琴归去迟，
山风吹尽桂花枝。
世间甲子须臾事，
逢着仙人莫看棋。

◎归来晚，风吹桂花，香飘云天外。人生短暂如白驹过隙，莫虚度年华，辜负光阴。

◎飞泉亭观霞裳与澄波上人对弈

【清】袁枚

棋局临飞瀑，棋声与瀑分。
下山千尺雪，背水两家军。
风里叶如斗，窗前鸟不闻。
浑疑仙子戏，橘叟与桐君。

◎袁枚，清代诗人，字子才，号简斋，著有《小仓山房文集》等。

◎飞泉亭外，瀑声、风声、鸟声，声声交织。飞泉亭中，一片静谧，唯有棋声，使人如入仙境，忘却尘俗。

◎闲居

【唐】李远

尘事久相弃，沈浮皆不知。
牛羊归古巷，燕雀绕疏篱。
买药经年晒，留僧尽日棋。
唯忧钓鱼伴，秋水隔波时。

◎李远，唐代诗人，字求古。善为文，尤工诗，与许浑齐名，时号“浑诗远赋”。

◎任清风明月，不问世事。夕阳下，牧童归，燕子绕篱飞。与僧对坐，白日唯消一局棋。

◎闲居十咏·选一

[元] 仇远

鸟雀喧啾未肯栖，
狂风吹树影离披。
屋边尚有斜阳在，
更看山人一局棋。

◎仇远，字仁近，自号山村，人称山村先生，元代文学家、书法家。

◎狂风吹，枝叶摇，摇落一地鸟雀喧嚣。一抹斜阳醉黄昏，人醉棋间。

◎官舍竹

【宋】王禹偁

谁种萧萧数百竿？伴吟偏称作闲官。
不随夭艳争春色，独守孤贞待岁寒。
声拂琴床生雅趣，影侵棋局助清欢。
明年纵便量移去，犹得今冬雪里看！

◎王禹偁，北宋诗人，字元之。其诗风格清新旷远，著有《小畜集》。

◎萧萧翠竹，伴我一世清闲。耐得住寂寞，守得住孤独。琴声悠悠添雅趣，竹影疏疏更增加了我下棋的兴致。纵使明年天各一方，今年还能看见你风雪中孤傲的身影。

◎安分

［宋］葛起耕

凄烟澹霭锁林霏，又是秋光欲莫时。
苹叶江湖风剪剪，桂花庭院雨丝丝。
世情冷暖杯中酒，人事输赢局上棋。
安分得闲闲最好，不须身外强寻思。

◎葛起耕，宋代诗人，字君顾。其诗风格疏淡闲远，悲婉凄凉，著有《桧庭吟稿》。

◎林间烟雾缭绕，秋色渐浓。江风吹来，苹叶飘飘，细雨丝丝，桂花飘香。人生如酒，慢慢品味方知冷暖；人生如棋，放下输赢方得闲情。难得清闲，何须寻纷扰。

◎宫词

［宋］张公庠

禁掖人闲小小风，
弹棋围坐柳阴中。
正怜美酒杯中绿，
又叹飞花席上红。

◎张公庠，宋代文人，字元善，神宗熙宁中，为著作佐郎，撰有《宫词》二十余首。

◎微风轻拂着垂柳的枝条，宫廷闲坐弹棋局。品一杯流年，叹飞花。

◎安贫

【唐】韩偓

手风慵展八行书，眼暗休寻九局图。
窗里日光飞野马，案头筠管长蒲卢。
谋身拙为安蛇足，报国危曾捋虎须。
举世可能无默识？未知谁拟试齐竽！

◎韩偓，晚唐诗人，号玉山樵人。擅写宫词，辞藻华丽，人称“香奁体”，著有《玉山樵人集》。

◎年老多病，锦书寄谁，老眼昏花，何处寄闲情。独坐窗下，看尘埃飞舞。不惧生死报国危。壮志难酬，谁识英才？

◎寄友人

［唐］张籍

忆在江南日，同游三月时。
采茶寻远涧，斗鸭向春池。
送客沙头宿，招僧竹里棋。
如今各千里，无计得相随。

◎张籍，唐代诗人，字文昌，世称“张水部”，乐府诗与王建齐名，并称“张王乐府”。

◎忆往昔，欢情无限。寻一溪清幽，摘一片清香。竹韵幽幽，静对棋。一别千里，何日再相逢。

◎孤山寺端上人房写望

[宋] 林逋

底处凭阑思眇然？孤山塔后阁西偏。
阴沉画轴林间寺，零落棋枰葑上田。
秋景有时飞独鸟，夕阳无事起寒烟。
迟留更爱吾庐近，只待重来看雪天。

◎林逋，字君复，北宋隐逸诗人。

◎黄昏时分，凭栏远眺，思绪缥缈。幽林森森，寺庙寂寂，幽暗如画，葑田块块如棋局。飞鸟掠过天空的寥廓，炊烟袅袅萦绕着夕阳的色彩。流连徘徊，不舍归去，待到雪花飞舞，再重来。

◎存殁口号二首·其一

〔唐〕杜甫

席谦不见近弹棋，
毕曜仍传旧小诗。
玉局他年无限笑，
白杨今日几人悲。

◎许久不见席谦面，犹记当年弹棋，乐趣无限，而今惆怅满怀。老友毕曜已故去，小诗仍传诵，墓地白杨，几人悲？

◎子夜歌·今夕已欢别

【南北朝】佚名

今夕已欢别，
合会在何时？
明灯照空局，
悠然未有期。

◎灯花落，照离情，强欢笑，问归期。人去后，棋已收，孤影对空局，独自黯然。

◎少年游·戏友人与女客对棋

〔明〕刘铉

石榴花下薄罗衣，睡起却寻棋。未省高低，被伊春笋，拈了白玻璃。
钏脱钗斜浑不省，意重子声迟。对面痴心，只愁必局，肠断欲输时。

◎刘铉，明朝官员，字宗器，别号假庵，著有《文恭公诗集》。

◎石榴花开一树娇艳，花下美人欲对弈。棋艺精妙，入局已抢先。沉浸棋间，不知妆容已凌乱，神思凝重落子迟。放下执念，看淡输赢，心自坦然。

◎小斋即事

[宋]刘一止

怜琴为弦直，爱棋因局方。
未用较得失，那能记宫商？
我老世愈疏，一拙万事妨。
虽此二物随，不系有兴亡。

◎刘一止，宋代文人，字行简，号太简居士。为文敏捷，博学多才，有《苕溪集》。

◎我爱琴却记不住宫商角徵羽，我爱棋却不在乎输赢得失，只因它们正直无邪。我虽有琴棋之操守，无奈国家兴亡。

◎小游仙四首·其四

【明】张羽

门外南风吹葛花，
弈棋人散树阴斜。
青童睡起浑无事，
乞与神丹喂白鸦。

◎风吹葛花香满院，仙人对弈，人散已黄昏。仙童睡起迟，无事喂白鸦。

◎怀博陵故人

【唐】贾岛

孤城易水头，不忘旧交游。
雪压围棋石，风吹饮酒楼。
路遥千万里，人别十三秋。
吟苦相思处，天寒水急流。

◎贾岛，唐代诗人，字阆仙，自号碣石山人，人称“诗奴”，与孟郊共称“郊寒岛瘦”。

◎重游易水边，雪满棋枰，不见当年对弈之闲情；风吹酒楼，不见昔日对饮之豪情。一别经年，相隔万里，隔不断你我情义。流水滔滔，带去我对你的思念。

◎怀陆龟蒙处士

【唐】尚颜

布褐东南隐，相传继谢敷。
高谭夫子道，静看海山图。
事免伤心否，棋逢敌手无。
关中花数内，独不见菖蒲。

◎尚颜，唐代僧人，俗姓薛，字茂圣。工五言诗，有诗集五卷。

◎处士隐东南，论道以养性，静观山海以怡情。遇事能否放下得失，下棋能否不计输赢。

◎江村

［唐］杜甫

清江一曲抱村流，长夏江村事事幽。
自去自来堂上燕，相亲相近水中鸥。
老妻画纸为棋局，稚子敲针作钓钩。
°多病所须惟药物，微躯此外更何求？

◎“多病”句：一作“但有故人供禄米”。

◎江水曲折，流出一村的清幽；夏日悠长，宁静了一世的安闲。梁间燕子，自由飞翔，浣花溪畔，鸥鸟情长。画一纸棋局消夏日，敲一只鱼钩垂清溪。所愁唯有多病身。

◎池上二绝·其一

【唐】白居易

山僧对棋坐，
局上竹阴清。
映竹无人见，
时闻下子声。

◎白居易，字乐天，号香山居士，唐代现实主义诗人，有《白氏长庆集》。

◎僧人对棋而坐，竹林清幽，竹影映禅意。竹林不见人，但闻落子声。

◎清平乐·图书一室

【宋】周晋

图书一室。香暖垂帘密。
花满翠壶熏研席。睡觉满窗晴日。
手寒不了残棋。篝香细勘唐碑。
无酒无诗情绪，欲梅欲雪天时。

◎周晋，宋代词人，字明叔，号啸斋，工词，词作多散佚。

◎香满书室，花满翠瓶，阳光满窗。人逢知己，棋逢对手。梅花欲开天欲雪，诗酒兴正浓。

◎湘宫人歌

[唐] 温庭筠

池塘芳草湿，夜半东风起。
生绿画罗屏，金壶贮春水。
黄粉楚宫人，◎芳花玉刻鳞。
娟娟照棋烛，不语两含嚬。

◎芳花：一作“方飞”。

◎春雨绵绵，淋湿了我的思念；东风起，吹不走我的寂寞。滴漏声声，是我无尽的哀伤，无语凝噎到天明。

◎满庭芳·樵

【元】赵显宏

腰间斧柯，观棋曾朽，修月曾磨。
不将连理枝梢挫，无缺钢多。
不饶过猿枝鹤窠kē，惯立尽石涧泥坡。
还参破，名缰利锁，云外放怀歌。

◎赵显宏，元代文人，号学村，工散曲。

◎王质曾因观棋而使斧柄化朽，又曾为修月磨斧刃。不伐连理枝，不扰猿鹤栖，不惧山间险，只因看破虚名浮利，坦然放歌云天外。

◎满江红·昼日移阴

【宋】周邦彦

昼日移阴，揽衣起、春帷睡足。临宝鉴、绿云撩乱，未忺妆束。蝶粉蜂黄都褪了，枕痕一线红生玉。背画阑、脉脉悄无言，寻棋局。

重会面，犹未卜。无限事，萦心曲。想秦筝依旧，尚鸣金屋。芳草连天迷远望，宝香薰被成孤宿。最苦是、蝴蝶满园飞，无人扑。

◎周邦彦，北宋词人，字美成，号清真居士。作品语言曲丽精雅，多写闺情、羁旅，今存《片玉集》。

◎日影暗移，唤起我心中的思念。对镜懒梳妆，倚栏无语，想昔日欢情，思绪如麻。最深情的守候，不知归期；最长情的思念，望断天涯；最痛苦的孤独，无人陪伴。

◎满江红·莺语依然

【宋】刘辰翁

莺语依然，但春去，人间无约。谁念我，吟
情憔悴，醉魂落魄。尽日只将行卷续，有时
自整残棋著。向黄昏，细雨闷无憀，青梅落。
南又北，相思错。朝异暮，人情薄。漫踌躇在目，
奢华如昨。海底月沈天上兔，辽东人化扬州鹤。
记龙云，波浪岂能平，天难托。

◎刘辰翁，南宋爱国词人，字会孟，别号须溪，著有《须溪先生集》。

◎黄莺声啭，春已残。相思苦，有谁怜？终日无绪，独自整残棋。黄昏雨，青梅落，无心煮酒。天南地北，相思难寄。人情凉薄，意难托。

◎满庭芳·堠雪翻鸦

【清】纳兰性德

堠(hòu)雪翻鸦，河冰跃马，惊风吹度龙堆。阴磷夜泣，此景总堪悲。待向中宵起舞，无人处、那有村鸡？只应是，金笳暗拍，一样泪沾衣。

须知今古事，棋枰胜负，翻覆如斯。叹纷纷蛮触，回首成非。剩得几行青史，斜阳下、断碣残碑。年华共、混同江水，流去几时回！

◎金戈铁马今何在，一片萧瑟，伤怀无限。空有凌云志，金笳声声，泪湿衣襟。古今事，谁看透？是非成败转头空。斜阳下，年华与共，流不尽断碣残碑。

◎沁园春·澄碧西湖

[宋] 吴文英

冰漕凿方泉，宾客请以名斋，邀赋。

澄碧西湖，软红南陌，银河地穿。见华星影里，仙棋局静，清风行处，瑞玉圭寒。斜谷山深，望春楼远，无此峥嵘小渭川。一泓地，解新波不涸，独障狂澜。

老苏而后坡仙。继菊井嘉名相与传。试摩挲劲石，无令角折，丁宁明月，莫涴（wò）规圆。漫结鸥盟，那知鱼乐，心止中流别有天。无尘夜，听吾伊正在，秋水阑干。

◎吴文英，南宋词人，字君特，号梦窗。其词风格雅致，著有《梦窗词集》。

◎西湖岸边，一泓清泉见繁华。泉水映出群星对弈的清欢，微风徐来，波光闪烁着水面的清寒。幽谷路遥，望春楼远，方泉独胜。我历经世俗风雨的洗礼，依然散发超凡脱俗的清新气质，沉淀出内心的丰盈与光彩！

◎沁园春·流水断桥

[宋] 刘将孙

流水断桥，坏壁春风，一曲韦娘。
记宰相开元，弄权疮痏(wěi)；全家骆谷，
追骑仓皇。彩凤随鸦，琼奴失意，
可似人间白面郎。知他是、
燕南牧马，塞北驱羊。

啼痕自诉衷肠。尚把笔低徊愧下堂。叹国手无棋，危涂何策；书窗如梦，世路方长。青冢琵琶，穹庐笳拍，未比渠侬泪万行。二十载，竟何时委玉，何地埋香？

◎刘将孙，字尚友，别号吾斋，著有《养吾斋集》。

◎疮痏：创伤。

◎断桥流水，残垣断壁，春风一曲已断肠。仓皇处，无路逃，何处诉衷肠？青冢琵琶曲，胡笳泪千行。香消玉殒何处？

◎浣溪沙·水满池塘花满枝

［宋］赵令畤

水满池塘花满枝，乱香深里语黄鹂。东风轻软弄帘帏。日正长时春梦短，燕交飞处柳烟低。玉窗红子斗棋时。

◎赵令畤，宋代文人，字景贶，自号聊复翁，又号藏六居士，著有《侯鲭录》。

◎春光正好，黄鹂声软，东风轻拂，撩拨了谁的思绪？柳烟低迷，燕子双飞，谁与我对弈？

◎渔歌子·樵夫四首·其一

［元］周巽

春山漠漠淡烟横。
阴壑丁丁伐木声。
啼鸟静，落花轻，
看棋松下暮云生。

◎周巽，元代文人，字巽亨，抒怀写景，颇近自然，著有《性情集》六卷。

◎青山寂寂，薄雾缥缈，鸟鸣山幽，落花轻舞。松下看棋，不觉天已暮。

◎品令·咏棋

【宋】杨泽民

日长风静，浓香在、珠帘花影。
棋具对著明窗近。未排角势，
鸦鹭先分阵。
双叠远山非有恨，正藏机休问。
便如喝采争堂印。局番无定，
有幸君须尽。

◎杨泽民，南宋乐安人，著有《和清真词》。

◎春日迟迟，微风懒，一帘花影香气浓。窗下摆弈棋，黑白先列阵，战云密布，风云变幻，局不定。

◎咏棋子赠弈僧

【唐】张乔

黑白谁能用入玄，
千回生死体方圆。
空门说得恒沙劫，
应笑终年为一先。

◎张乔，唐代诗人，其诗多写山水自然，诗句清雅。

◎棋局变幻，深奥莫测，谁能悟得其中玄妙？身经百战，方能体会其中精妙。历劫无数，方得悟。

◎约客

［宋］赵师秀

黄梅时节家家雨，
青草池塘处处蛙。
有约不来过夜半，
闲敲棋子落灯花。

◎赵师秀，南宋诗人，字紫芝，号灵秀。人称“鬼才”，开创了“江湖派”一代诗风。

◎阴雨绵绵，浸透了梅子的清香；蛙声阵阵，嘹亮了一池的欢快。等不来你我的约定，信手落棋，赢来灯花的思念。

◎梦中作

[宋]欧阳修

夜凉吹笛千山月，
路暗迷人百种花。
棋罢不知人换世，
酒阑无奈客思家。

◎欧阳修，字永叔，号醉翁，晚号六一居士，唐宋八大家之一，有《欧阳文忠集》。

◎吹一曲夜色凉凉，繁花迷离。我欲看仙人对弈，忘却世事更迭，无奈情难抛。

◎夏日访贞上人院

【唐】朱庆馀

炎夏寻灵境，高僧澹荡中。
命棋隈绿竹，尽日有清风。
流水离经阁，闲云入梵宫。
此时祛万虑，直似出尘笼。

◎朱庆馀，唐代诗人，名可久。其诗多赠别酬答、行旅题咏，诗意清新，描写细致。

◎夏日炎炎，寻一处清凉。清风相伴，竹林间，与上人对弈。流水潺潺，白云悠悠，洗去尘心，天高云淡。

◎风入松·曲尘风雨乱春晴

【宋】赵闻礼

曲尘风雨乱春晴，花重寒轻。珠帘卷上还重下，怕东风、吹散歌声。棋倦杯频昼永，粉香花艳清明。十分无处著闲情，来觅娉婷。蔷薇误罥(juàn)寻春袖，传柔荑、为补香痕。苦恨啼鹃惊梦，何时剪烛重盟？

◎赵闻礼，宋代词人，字立之，号钓月，编有《阳春白雪》，著有《钓月集》。

◎风雨乱草色，雨湿花重，天气微寒。珠帘卷起又放下，帘外欢歌，帘内惆怅。赏春时节，独饮寂寞。何处寄闲情，寻一春花的娇容。犹记你我欢情，恨杜鹃，惊醒梦里相思意，何日共剪西窗烛？

◎哭李远

【唐】卢尚书

昨日舟还浙水湄，今朝丹旐（zhào）欲何为。
才收北浦一竿钓，未了西斋半局棋。
洛下已传平子赋，临川争写谢公诗。
不堪旧里经行处，风木萧萧邻笛悲。

◎卢尚书，唐代文人，名不详，宣宗大中年间在世，与诗人李远为友。

◎昨日一别，从此天人永隔。想你北浦钓闲情，西斋对弈之优雅，不胜悲，落叶萧萧，笛声悲凉。

◎放言五首·其二

【唐】白居易

世途倚伏都无定，尘网牵缠卒未休。
祸福回还车轮毂，荣枯反覆手藏钩。
龟灵未免刳(kū)肠患，马失应无折足忧。
不信君看弈棋者，输赢须待局终头。

◎世事轮回，福祸相倚。人生如弈棋，不到局终谁能定输赢？

无题

【唐】李商隐

照梁初有情，出水旧知名。
裙衩芙蓉小，钗茸翡翠轻。
锦长书郑重，眉细恨分明。
莫近弹棋局，中心最不平。

你的美光彩照人，胜过出水芙蓉的娇艳，你的来信纸短情长。人生看淡是非，烦恼便随风飘散。

◎新添声杨柳枝词二首·其二

【唐】温庭筠

井底点灯深烛伊，
共郎长行莫围棋。
玲珑骰(tóu)子安红豆，
入骨相思知不知？

◎一朝分别，不知归期。相思苦，一片痴心与谁诉？

◎新开棋轩呈元珍表臣

［宋］欧阳修

竹树日已滋，轩窗渐幽兴。
人闲与世远，鸟语知境静。
春光霭欲布，山色寒尚映。
独收万◎籁心，于此一枰竞。

◎籁：一作“虑”。

◎轩窗外，竹林茂盛，清幽袭人。远离世俗喧嚣，几声鸟鸣，一轩静谧。春光蔼蔼，一片清寒映山色。在此下一盘棋，可以忘却所有烦恼。

◎新栽竹

［唐］杜荀鹤

◎劚zhǔ破苍苔色，因栽十数茎。
窗风从此冷，诗思当时清。
酒入杯中影，棋添局上声。
不同桃与李，潇洒伴书生。

◎劚：砍，斫。

◎移竹窗下，平添一片翠色。风吹过，一室清凉，顿生吟诗之雅兴。竹影窈窈欲与我同醉，竹声簌簌共享局中趣。你品性高洁不与桃李争艳，伴我人间潇洒。

水仙子·夜雨

【元】徐再思

一声梧叶一声秋，一点芭蕉一点愁，三更归梦三更后。落灯花棋未收，叹新丰孤馆人留。枕上十年事，江南二老忧，都到心头。

◎徐再思，字德可，元代散曲作家。因喜食甘饴，故号甜斋，有《酸甜乐府》。

◎秋风起，梧桐叶落；秋意浓，雨打芭蕉，闲愁万种。三更梦里乡思意。灯花落，棋未收，客舍独忧。十年漂泊，功名未成，双亲已老去，愁上心头。

◎烂柯石

【唐】孟郊

仙界一日内，人间千载穷。
双棋未遍局，万物皆为空。
樵客返归路，斧柯烂从风。
唯余石桥在，犹自凌丹虹。

◎孟郊，唐代诗人，字东野，有“诗囚”之称，与贾岛齐名，人称“郊寒岛瘦”。

◎仙界一日，人间千年。一局未终，万物已虚空。樵夫返乡，物是人非。

◎春日

【宋】陆游

迟日园林尝煮酒，和风庭院◎晾(làng)新丝。
已过燕子穿帘后，又见鲴鱼上市时。
排闷与儿联小句，破闲留客战枯棋。
残年自觅安排处，除却归休总不宜。

◎煮一壶春天的温暖，和风吹来满院的蚕香，燕子衔来春天的气息。愁闷何处诉，相邀一局棋。人生暮年，不若归隐。

春日杂题·其三

［宋］陆游

野水如棋枰。所至各成村。
炊烟出茅屋。碓（duì）声隔柴门。
树阴同戏儿。多已长子孙。
安居无暴敛。何以报国恩。

炊烟袅袅，升起柴门的悠闲。树荫满地，斑驳了一树的光影。年华易逝，壮志难酬。

◎春情寄子安

【唐】鱼玄机

山路欹（qī）斜石磴（dèng）危，不愁行苦苦相思。
冰销远涧怜清韵，雪远寒峰想玉姿。
莫听凡歌春病酒，休招闲客夜贪棋。
如松匪石盟长在，比翼连襟会肯迟。
虽恨独行冬尽日，终期相见月圆时。
别君何物堪持赠，泪落晴光一首诗。

◎鱼玄机，唐代女诗人，初名鱼幼微，字蕙兰。工诗，有《鱼玄机集》。

◎山路崎岖，离别才是最痛苦的相思。忘不了你清俊的容颜、挺拔的身姿，希望你能爱惜自己。我对你的情坚如磐石，你我当如比翼鸟、连理枝，相守不相离。冬去春来，花好月圆再相逢。离别日，唯有泪花寄深情。

◎春残

[唐] 唐彦谦

景为春时短，愁随别夜长。
暂棋宁号隐，轻醉不成乡。
风雨曾通夕，莓苔有众芳。
落花如便去，楼上即河梁。

◎唐彦谦，唐代政治家、诗人，字茂业，号鹿门先生。晚年隐居，著有《鹿门集》。

◎春光短暂，离愁漫长。对弈求超脱，只能聊解愁，微醺不解愁。一夜风雨百花残，凋零在苍绿的莓苔。落花随春去，流水送春归。

◎春园即事

【唐】王维

宿雨乘轻屐，春寒着弊袍。
开畦分白水，间柳发红桃。
草际成棋局，林端举桔(jié)槔(gāo)。
还持鹿皮几，日暮隐蓬蒿。

◎王维，唐代诗人、画家，字摩诘，号摩诘居士，有“诗佛”之称。多咏山水田园，著有《王右丞集》。

◎春寒料峭，夜雨淋湿了小路，我穿上轻便的木屐和破旧的棉袍。放水灌田，看绿柳丛中几树桃红。草地画枰对弈，端来鹿皮几，黄昏后倚着它隐身蓬蒿间。

◎晚望

[宋]杨万里

天堕楸枰作稻畦，
啼乌振鹭当枯棋。
不论胜负端何似，
黑子终多白子稀。

◎杨万里，南宋文学家，字廷秀，号诚斋。一生作诗两万多首，著有《诚斋集》。

◎天置一局棋，稻田块块作棋局，乌鸦白鹭落棋盘。不管胜负如何，天晚鸦归来。

古邨

◎春

【宋】赵葵

檀板且教停，花娇不耐惊。
日融莺语滑，风软蝶身轻。
缕篆销春昼，游丝弄晚晴。
谁家杨柳院，笑语杂棋声。

◎赵葵，南宋名将、画家、诗人，字南仲，号信庵，工诗善画，著有《信庵诗稿》《杜甫诗意图》等。

◎且停檀板声响，恐惊春花娇艳。黄莺声软，暖了阳光；蝴蝶轻舞，醉了春风。风吹来，欢声闲对棋。

◎有赠

[清]冯班

隔岸吹唇日沸天，
羽书惟道欲投鞭。
八公山色还苍翠，
虚对围棋忆谢玄。

◎冯班，明末清初诗人，字定远，晚号钝吟老人，虞山诗派的重要人物，有《钝吟集》等。

◎对岸哨声震天，战鼓雷动，清军欲渡江。山色苍翠依旧，谢玄今何在？

◎赠琴棋僧歌

【唐】张瀛

我尝听师法一说，波上莲花水中月。

不垢不净是色空，无法无空亦无灭。

我尝听师禅一观，浪溢鳌头蟾魄满。

河沙世界尽空空，一寸寒灰冷灯畔。

我又听师琴一抚，长松唤住秋山雨。

弦中雅弄若铿金，指下寒泉流太古。
我又听师棋一著，山顶坐沈红日脚。
阿谁称是国手人，罗浮道士赌却鹤，
输却药。
法怀斟下红霞丹，束手不敢争头角。

◎张瀛，官至曹郎，著有诗集。

◎法师说法，莲花无染，月影无尘，色即是空，人生何必执着。法师观禅，禅入定，心不动，红尘俗事尽随香灰冷。法师抚琴，秋雨助兴，寒泉流水，一扫尘心静。法师对弈，不觉已日西，棋里天地，棋外人生。

◎赠棋僧侣

【唐】张乔

机谋时未有，多向弈棋销。
已与山僧敌，无令海客饶。
静驱云阵起，疏点雁行遥。
夜雨如相忆，松窗更见招。

◎尘世纷扰，你心如止水，寄情棋间。与人对弈，行云流水，叱咤局中。长夜寂寂，我对你的思念如这细雨缠绵，何时能解相思苦。

◎贺新郎·梦冷黄金屋

［宋］蒋捷

梦冷黄金屋。叹秦筝、斜鸿阵里，素弦尘扑。化作娇莺飞归去，犹认纱窗旧绿。正过雨，荆桃如菽。此恨难平君知否，似琼台、涌起弹棋局。消瘦影，嫌明烛。

鸳楼碎泻东西玉。问芳悰、何时再展，翠钗难卜。待把宫眉横云样，描上生绡画幅。怕不是、新来妆束。彩扇红牙今都在，恨无人、解听开元曲。空掩袖，倚寒竹。

◎蒋捷，南宋词人，字胜欲，号竹山。其词风格以悲凉清俊、萧寥疏爽为主，著有《竹山词》。

◎梦中故园已凄凉，叹往昔，化作娇莺，犹记秦筝、素弦。雨打荆桃，溅起相思意，恨难平，心中悲凉君可知？独对孤灯，摇落我消瘦的身影。佳人远去，带去我深深的思念。何日能相逢？

◎贺新郎·国脉微如缕

【宋】刘克庄

实之三和，有忧边之语，走笔答之。

国脉微如缕。问长缨、何时入手，缚将戎主？未必人间无好汉，谁与宽些尺度？试看取当年韩五：岂有谷城公付授，也不干、曾遇骊山母。谈笑起，两河路。

少时棋柝（tuò）曾联句，叹而今、登楼揽镜，事机频误。闻说北风吹面急，边上冲梯屡舞。君莫道投鞭虚语。自古一贤能制难，有金汤、便可无张许？快投笔，莫题柱。

◎刘克庄，本名灼，字潜夫，号后村，南宋豪放派诗人。

◎国家危难，何时长缨在手缚敌主？不是人间无好汉，只是朝廷没有放宽用人的标准。试看当年韩世忠，既无名师，也未遇神仙，谈笑间，大破金兵。少时空有报国志，叹如今，一事无成。敌军南下，战事紧，自古一人难制胜，纵有城池坚固。投笔从戎博功名。

◎村舍二首·其二

【唐】许浑

尚平多累自归难，一日身闲一日安。
山径晓云收猎网，水门凉月挂鱼竿。
花间酒气春风暖，竹里棋声暮雨寒。
三顷水田秋更熟，北窗谁拂旧尘冠。

◎归：一作“休”。身：一作“深”。径：一作“路”。

◎暮色苍茫，云雾起，山中归来，一弯凉月钓闲情。花间酒，香气醉春风；竹间棋，听暮雨微寒。凭窗远眺，一片金色稻田香。

◎林壑闲步二绝·其二

［宋］赵汝绩

参差台榭碧云中，
柳北松南一径通。
带得棋枰无敌手，
与僧不语立薰风。

◎赵汝绩，宋代诗人，字庶可，号山台，宋太宗八世孙。著有《山台吟稿》，已佚。

◎楼台参差，碧空万里，一径通南北。醉心于棋，未曾遇到对手。林间与僧人偶遇，相对无言，静沐微风。

◎李处士郊居

【唐】皮日休

石衣如发小溪清，溪上柴门架树成。
园里水流浇竹响，窗中人静下棋声。
几多狎鸟皆谙性，无限幽花未得名。
满引红螺诗一首，刘桢失却病心情。

◎皮日休，字袭美，一字逸少，道号鹿门子，晚唐文学家。

◎溪水清澈，苔藻如发，随水招摇。院子里水声潺潺，是李处士在浇灌他园中翠竹吧。室内寂然，时而传来棋子落盘的清脆声。远离尘俗，已与狎鸟亲，清香袭来，无数花儿风中摇曳。品酒吟诗，悠然自在，何来病心情？

古邨

◎棋

【唐】裴说

十九条平路，言平又崄巇。
人心无算处，国手有输时。
势迥流星远，声干下雹迟。
临轩才一局，寒日又西垂。

◎裴说，唐代诗人。写诗讲究苦吟炼意，追求新奇。工书法，以行草知名。

◎棋局精妙，世事无常，放下得失，看淡输赢。寄情棋间，不觉黄昏至。

◎棋声

［元］黄庚

何处仙翁爱手谈，时闻剥啄竹林间。
一枰玉子敲云碎，几度午窗惊梦残。
缓着应知心路远，急围不放耳根闲。
烂柯人去收残局，寂寂空亭石几寒。

◎黄庚，宋末元初诗人，字星甫，号天台山人，晚年自编其诗稿为《月屋漫稿》。

◎竹林间，仙人对弈，玉子声脆，摇落片片白云，惊醒一窗残梦。轻缓处，沉着冷静落子迟；迅疾处，落子声声如急雨。人散后，空亭寂寂，唯有寒如许。

◎禅院弈棋偶题

[唐] 吴融

◎裛(yì)尘丝雨送微凉，偶出樊笼入道场。
半◎偈(jì)已能消万事，一枰兼得了残阳。
寻知世界都如梦，自喜身心甚不忙。
更约西风摇落后，醉来终日卧禅房。

◎吴融，唐代诗人，字子华。

◎裛：同“浥”，沾湿。

◎细雨潇潇，微风送爽，吹来自由的味道。一局残棋映残阳，世事如梦，难得清闲。西风萧瑟，摇落一世的凄凉，不若醉酒听禅。

◎祝英台近·竹间棋

【宋】张辑

竹间棋，池上字，风日共清美。谁道春深？湘绿涨沙嘴。更添杨柳无情，恨烟颦雨，却不把扁舟偷系。去千里，明日知几重山？后朝几重水？对酒相思，急似且留醉。奈何琴剑匆匆，而今心事，在月夜杜鹃声里。

◎张辑，宋代词人，字宗瑞。

◎你我共赏一春明媚，下一盘优雅，写一纸温情。无奈春光易逝，一江湘水送离情，杨柳更添愁绪。一别千里，隔山隔水隔不断相思。酒入愁肠相思醉。琴剑匆匆，杜鹃声里诉衷情。

◎长相思·燕成双

[宋]佚名

燕成双，蝶成双，飞去飞来杨柳旁。问伊因底忙？绿纱窗，篆炉香，午梦惊回书满床，棋声春昼长。

◎燕双飞，情意缠绵；蝶相随，深情款款。飞来飞去，为何忙？焚一炉香气袅袅，寂寞惊梦回。春日长，闻落子。

◎看棋

【唐】王建

彼此抽先局势平，
傍人道死的还生。
两边对坐无言语，
尽日时闻下子声。

◎王建，唐代诗人，字仲初。其诗题材广泛，生活气息浓厚。

◎高人对弈，起死回生。对坐无言，凝棋不语，落子中刀光剑影。

密叶绿藏枝，
空闻黄鸟啭。

夏木绕茅庐，
棋酒资清宴。

◎眼儿媚·效易安体

［宋］侯置

花信风高雨又收。风雨互迟留。
无端燕子，怯寒归晚，闲损帘钩。
弹棋打马心都懒，撺掇上春愁。
推书就枕，凫烟淡淡，蝶梦悠悠。

◎侯置，字彦周。其词风清婉娴雅，有《孏窟词》。

◎春风晚，春雨迟，春犹寒，燕子归来晚。无心赌弈棋，暗暗生春愁。灯下掩卷欲昏昏，梦境迷离。

◎玉声亭

[唐] 郑损

世间泉石本无价，那更天然落景中。
汉佩琮琤寒溜雨，秦箫缥缈夜敲风。
一方清气群阴伏，半局闲棋万虑空。
借问主人能住久，后来好事有谁同。

◎郑损，唐代诗人，字庆远，《全唐诗》存其诗六首。

◎雨落下，珠玉清脆；风吹来，箫声缥缈。一方清气，别有一番风景。半局闲棋，忘却尘间事。

◎钱塘青山题李隐居西斋

【唐】许浑

小隐西斋为客开，翠萝深处遍青苔。
林间扫石安棋局，岩下分泉递酒杯。
兰叶露光秋月上，芦花风起夜潮来。
湖山绕屋犹嫌浅，欲棹渔舟近钓台。

◎青山隐居，林间幽静，青苔遍布。今日为我开斋门，扫却林间石，摆棋局，曲水流觞。月初上，兰叶香，风吹芦花，夜色凉。山隐隐，水淙淙，我欲移舟其间。

◎鹧鸪天·重九席上再赋

〔宋〕辛弃疾

有甚闲愁可皱眉。老怀无绪自伤悲。百年旋逐花阴转，万事长看鬓发知。

溪上枕，竹间棋。怕寻酒伴懒吟诗。十分筋力夸强健，只比年时病起时。

◎年老无绪，闲愁万种。人生百年，如花影追逐阳光的脚步匆匆而过，对镜自怜，无奈染白了双鬓。饮一杯孤独，下一盘悠闲，想当年意气风发，今安在？

◎鹧鸪天·题得相思字数行

［宋］佚名

题得相思字数行。起来桐叶满纱窗。
秋光欲雨棋声泻，粉帐不容花露香。
新寂寞，旧疏狂。玉炉消息记钱塘。
小阑立遍红蕉树，一带残云趁月黄。

◎写下几行相思句，起身望，纱窗外，满地秋。天欲雨，棋声急，粉帐香满，香气溢。香消尽，忆往昔，多少风流事。何处诉相思，小园独徘徊，一片残云，月黄昏。

◎秋兴八首·其四

〔唐〕杜甫

闻道长安似弈棋，百年世事不胜悲。
王侯第宅皆新主，文武衣冠异昔时。
直北关山金鼓震，征西车马羽书驰。
鱼龙寂寞秋江冷，故国平居有所思。

◎政局动荡，变化如棋局，世事流转，道不尽悲凉。奸臣当道，王侯易主。外敌入侵，金戈铁马，国破家残。鱼龙潜伏寂寞了一江秋水，流不尽我对故国的思念。

◎秋夜即事

【明】夏云英

西风飒飒动罗帏，
初夜焚香下玉墀。
礼罢真如庭院静，
银缸高照看围棋。

◎夏云英，明宫庭才女，著有《端清阁诗》《法华经赞》等。

◎秋风吹动，夜色袭来，香气幽幽。烛光摇曳，一室闲情看围棋。

◎和宋永兄围棋青字韵，因成五绝·其五

〔宋〕黄公度

千里归来两鬓丝，
清风永日对枯棋。
红尘万事不到眼，
此乐勿容儿辈知。

◎黄公度，宋代文人，字师宪，号知稼翁，著有《知稼翁集》《知稼翁词》。

◎归来已暮年，两鬓斑白。清闲无事，尽日对棋局。放下红尘俗事，心中坦然宁静，小辈岂识其中趣。

◎和秀实别寄二篇·选一

[宋]王洋

香火社闲棋度日，溪山伴静酒为年。
碧霄鹤唳诗情远，湖院僧知茶梦圆。
常喜春锄行佚老，每嫌棋路尚争先。
平湖草岸径行好，后夜延缘刺钓船。

◎王洋，宋代诗人。

◎庙里清闲，长日唯消一局棋。溪山幽静，饮酒度余年。晴空一鹤排云上，便引诗情到碧霄。

◎和固道韵问铉父小疾三首·其一

〔宋〕王洋

木落亭皋远思，
疏帘清簟棋声。
闭门十日知否，
风月愁人败盟。

◎亭边落叶萧萧，我在亭中沉思，疏帘清簟落子迟。闭门静坐，不问俗事，清风明月惹人愁。

◎秋怀示黄预

〔宋〕陈师道

窗鸣风历耳，道坏草侵衣。
月到千家静，林昏一鸟归。
冥冥尘外趣，稍稍眼中稀。
送老须公等，秋棋未解围。

◎陈师道，北宋时期大臣、文学家，字履常，号后山居士，著有《后山集》。

◎窗外风声呼啸，道路已损毁，乱草侵衣。天欲晚，倦鸟归巢，一轮明月静静守候秋夜的寥落。几人能识尘外趣？一局闲棋度余年，他日再相邀。

◎秋蕊香·用清真韵

【宋】王从叔

薄薄罗衣乍暖，红入酒痕潮面。
絮花舞倦带娇眠。昨夜平堤水浅。
故人信断风筝线。误归燕。梦魂
不怕山路远。无奈棋声隔院。

◎王从叔，号山樵，南宋末年词人。

◎天气渐暖，换下一冬的沉重，却放不下心中的思念。酒入愁肠，醉了相思，心随杨花舞。你像风筝断了线，找不回曾经的诺言。唯有梦中能相见，无奈棋声吵，难入眠。

◎破阵子·仕至千钟良易

［宋］陆游

仕至千钟良易，年过七十常稀。眼底荣华元是梦，身后声名不自知。营营端为谁。

幸有旗亭沽酒，何妨茧纸题诗。幽谷云萝朝采药，静院轩窗夕对棋。不归真个痴。

◎人生七十古来稀，繁华荣辱不过梦一场，辛苦一生为谁忙？难得豪情买醉，何不抒心中闲情！朝去幽谷采药，暮归轩窗对棋。红尘纷扰皆可抛。

齐安郡晚秋

【唐】杜牧

柳岸风来影渐疏，使君家似野人居。
云容水态还堪赏，啸志歌怀亦自如。
雨暗残灯棋欲散，酒醒孤枕雁来初。
可怜赤壁争雄渡，唯有蓑翁坐钓鱼。

◎欲散：一作“散后”。

◎秋风萧瑟，清瘦了柳树的倩影，荒凉了我的居所。闲云对影弄妆容，唱一曲壮志满怀。雨夜灯残，暗淡了友人的离别。酒醒后，孤枕难眠，又见雁南飞。时光流转，英雄随风逝！

◎西村晚归

【宋】陆游

小坞花垂尽，平堤草次迷。
日长莺语久，风定絮飞低。
子响闻棋院，舟横傍钓溪。
归途不知处，依约埭东西。

◎落花离开枝的牵绊，春草摆脱大地的束缚。黄莺的啼鸣拉长了太阳的脚步，微风伴着杨花缠绵低语。下一局清闲，钓一溪闲情。

◎西阁·在孤山

【宋】僧志文

杨柳蒹葭覆水滨，徘徊南望倚阑频。
年光似鸟翩翩过，世事如棋局局新。
岚积远山秋气象，月生高阁夜精神。
惊飞一阵凫鹭起，蓬叶舟中把钓人。

◎僧志文，宋代诗人。

◎杨柳低垂，蒹葭苍苍，倚栏南望。时光流逝如飞鸟掠过天空，世事变幻如棋局。云烟袅袅秋意浓，一轮明月照亮夜的寂静。

◎西灞草堂为庐陵宋内翰赋二首·其一

【明】黎扩

闻说西溪上，春风小院开。
野蚕成茧尽，江燕引雏回。
竹里围棋局，荷香沁酒杯。
晚凉疏雨过，随意步苍苔。

◎黎扩，明代文人，字大量，有《学鸣稿》。

◎风儿推开小院门带来春天的问候，野蚕成茧燕归来。下一局竹间棋，饮一杯，荷花飘香。一阵小雨携来黄昏的丝丝凉意，沿着布满苍苔的小径，信步而行。

◎题八仙对弈图

［清］纪昀

局中局外两沉吟，
犹是人间胜负心。
那似玩仙痴不省，
春风蝴蝶睡乡深。

◎纪昀，清代政治家、文学家，字晓岚，晚号石云，道号观弈道人，有《阅微草堂笔记》。

◎意难平，胜负心。对弈消闲情，心困棋间，不若睡去。

◎题画

【明】苍雪

松下无人一局残，
空山松子落棋盘。
神仙更有神仙着，
毕竟输赢下不完。

◎苍雪，明代诗僧，字见晓，后改苍雪，号南来，俗姓赵，云南人。

◎人生就像一局残棋，输赢不定。富贵名利，不过是过眼云烟。放下得失，便能笑看风云。

◎题李少府别业

［唐］唐求

寻得仙家不姓梅，马嘶人语出尘埃。
竹和庭上春烟动，花带溪头晓露开。
绕岸白云终日在，傍松黄鹤有时来。
何年亦作围棋伴，一到松间醉一回。

◎唐求，一作唐俅或唐球，晚唐诗人。其诗风格清新自然，写诗每有所得，捻成纸团投入葫芦中，人称“一瓢诗人”。

◎寻一处仙境，放下尘世喧嚣。晨雾缥缈，竹韵幽幽，溪边花开，一春的娇艳。白云伴水闲，黄鹤附风雅。何时寻得围棋伴，寄情山水，沉醉松间？

◎题元真观屋壁二首·其一

【宋】苏泂

琳宫无俗务，书卷得相亲。
树影自知午，棋声不见人。
实为萧爽地，暂得自由身。
客至谁能接，应知懒是真。

◎苏泂，字召叟，曾从陆游学诗，著有《泠然斋集》。

◎元真观内清净地，书卷多情，青灯相伴，晨昏相亲。日影暗移，不觉已正午。林间不见人，但闻落子声。此处无红尘喧嚣，素心如简可忘忧。

◎题友人山居

【宋】高竹鹤

自汲清泉灌药畦，西风篱落豆初肥。
溪童趁日烘渔网，山妇迎寒织雨衣。
棋散石台仙客去，松摇花崦野猿归。
尚嫌居处邻村近，又欲移家入翠微。

◎高竹鹤，宋代诗人。

◎自取清泉水，浇灌我药田。秋风吹来，篱笆上，豆正肥。阳光下，渔童忙晒网；寒将至，山妇忙织衣。松花落，野猿归，仙人归去，空余残棋。欲寻深山幽静处，近仙家。

◎题时觉寺在在堂十二首·选一

【宋】舒亶

枉将风月恼肝脾，
懒复雕镌出小诗。
尽日焚香面山坐，
卷帘时与夜僧棋。

◎舒亶，字信道，号懒堂。

◎我心无绪，无端怨风月。无事焚香静坐，偶与夜僧对棋。

◎题郑通妙方丈

【宋】白玉蟾

无争之棋两三局，
自劝之酒一二杯。
但且任么随俗过，
丹成云鹤自然来。

◎白玉蟾，宋代道士、诗人，原名葛长庚，字如晦，号琼山道人，著有《海琼集》等。

◎何须在那棋艺中暗自较劲，两三局便可搁置。那难测的心事，终将被破解。

◎答客问

〔宋〕宋自逊

岂是林逋放鹤迟，羽闲成懒静相宜。
落花时节人中酒，夜雨轩窗客赌棋。
身外浮名何用觅，人间多事不须知。
屋边梅树梅边石，岁岁春风日日诗。

◎宋自逊，字谦父，号壶山。其文笔高绝，有《渔樵笛谱》。

◎落花飘飘，我在花下饮；细雨霏霏，与客夜对棋。放下名利，不问得失，在屋旁梅树边的石头上、在春风里吟诗。

◎简同志

【宋】刘宰

竹韵因风来满盈，
桂枝和月印中庭。
遥知棋罢浑无事，
百首新诗醉复醒。

◎刘宰，宋代诗人，字平国，号漫塘病叟，著有《漫塘文集》。

◎风吹来，竹韵满满，一室清雅，桂花摇落一院月光。犹记棋间趣，别后万般无绪。饮酒作诗，聊寄平生。

◎蝶恋花·春思

〔宋〕吴礼之

睡思厌厌莺唤起。帘卷东风，犹未忺梳洗。
眼细眉长云拥髻。笑垂罗袖熏沉水。
媚态盈盈闲举止。只有江梅，清韵能相比。
诗酒琴棋歌舞地。又还同醉春风里。

◎吴礼之，宋代词人，字子和，工词，著有《顺受老人词》。

◎睡意浓，莺唤起，慵懒未梳洗。收拾妆容，衣袖熏香。姿态万千，仪态优雅，神韵清逸。琴棋诗酒醉春风。

◎美人宫棋

［唐］张籍

红烛台前出翠娥，
海沙铺局巧相和。
趁行移手巡收尽，
数数看谁得最多。

◎红烛美人围棋，温暖了夜的寂寞。细数棋子，数不尽人生悠闲。

◎酹江月·淮城感兴

[宋]张绍文

举杯呼月，问神京何在？淮山隐隐。抚剑频看勋业事，惟有孤忠挺挺。宫阙腥膻，衣冠沦没，天地凭谁整？一枰棋坏，救时着数宜紧。

虽是幕府文书，玉关烽火，暂送平安信。满地干戈犹未戢，毕竟中原谁定？便欲凌空，飘然直上，拂拭山河影。倚风长啸，夜深霜露凄冷。

◎张绍文，宋代词人，字庶成。

◎举杯问明月，故都何在，一片凄凉；国破家何在，时局危乱，谁来整？战未停，事未休，中原未定。我欲重整旧河山，一声长叹，万般无奈。

◎酬曹户

［宋］赵汝镃

奔走尘埃久，还山每叹迟。
岁华惊雁到，心事独鸥知。
夜对樽前月，昼寻花下棋。
闲中滋味好，但欠子论诗。

◎赵汝镃，南宋诗人，字明翁，号野谷，宋太宗八世孙，著有《野谷诗稿》。

◎红尘奔波已太久，常常悔恨归隐迟。叹时光匆匆，雁又回，心事唯有诉于鸥鸟知。漫步寻芳，花间下棋，夜色微凉，与明月对饮，悠然快哉。

◎金陵后观棋六首·选一

【清】钱谦益

寂寞枯枰响泬（xuè）寥（liáo），
秦淮秋老咽寒潮。
白头灯影凉宵里，
一局残棋见六朝。

◎棋声落定，繁华已逝，寒潮涌动了秦淮的萧瑟。人生暮年，不堪回首，世事更迭悲凉。

◎翰林权直罢归和朱约山韵

〔宋〕文天祥

闲云舒卷无声画，醉石敲推一色棋。
试问挂瓢栖碧洞，何如幞被卧彤闱。
梦中芳草还成路，别后黄花又是时。
羞杀今年堂上燕，片心寄与雁南飞。

◎文天祥，南宋政治家、文学家，初名云孙，字宋瑞，道号浮休道人，著有《文山诗集》。

◎退隐后，心似闲云无牵挂，醉心于棋。陋室清贫怎比锦衣玉食？心中信念依旧在。上次分别，菊花今又开。我归隐的心愿如鸿雁南飞，矢志不渝，堂上燕子今年该为此感到羞愧。

红烛台前出翠娥，
海沙铺局巧相和。
趁行移手巡收尽，
数数看谁得最多。

◎美人宫棋

【唐】张籍

棋

◎简同志

[宋] 刘宰

竹韵因风来满盈，
桂枝和月印中庭。
遥知棋罢浑无事，
百首新诗醉复醒。